AF349463

VIVEcuentos

para vivenciar y sentir

ExLibric

PEPA CABRERA SOTO

VIVEcuentos

para *vivenciar* y *sentir*

EXLIBRIC
ANTEQUERA 2018

VIVEcuentos
© Pepa Cabrera Soto
© de las ilustraciones de interior y de cubiertas: Marta Zapata Rey
Diseño de portada: Dpto. de Diseño Gráfico Exlibric

Iª edición

© ExLibric, 2018.

Editado por: ExLibric
c/ Cueva de Viera, 2, Local 3
Centro Negocios CADI
29200 Antequera (Málaga)
Teléfono: 952 70 60 04
Fax: 952 84 55 03
Correo electrónico: exlibric@exlibric.com
Internet: www.exlibric.com

ISBN: 978-84-19092-22-9

Nota de la editorial: ExLibric pertenece a Innovación y Cualificación S. L.

PEPA CABRERA SOTO

VIVEcuentos

para *vivenciar y sentir*

A los niños y niñas que cada día me
permiten aprender a través
de sus miradas.

A Marina y Daniel, mis preciosos
besos de buenas noches.

Índice

Introducción

En mi labor como maestra de Pedagogía Terapéutica escribo cuentos para mis alumnos/as con una serie de características, los cuales me permiten trabajar en distintos ámbitos de sus procesos evolutivos, como son el área psicomotora, cognitiva y socioemocional.

En los cuentos he encontrado un recurso maravilloso con el que fomentar habilidades madurativas en el alumnado, creando un espacio de aprendizaje adecuado a sus intereses y motivaciones. *VIVEcuentos* surge con la finalidad de favorecer y potenciar el desarrollo sensoriomotriz de los niños y niñas, mediante las experiencias corporales y emocionales que se vivencian en la narración de cada uno de ellos.

Por ello, he querido compartirlos con todos vosotros/as (niños/as, maestros/as, educadores/as y familias), poniendo a vuestro alcance la experiencia de aprender y enseñar a sentir desde el mundo de los cuentos.

Como comprobaréis durante la lectura de *VIVEcuentos,* cada uno de ellos presenta una temática que se puede asociar a momentos y a contenidos del curso que estemos tratando como, por ejemplo, las estaciones del año, la amistad, las emociones, la diversidad funcional, los piratas, la prehistoria, las brujas, las hadas, los duendes, los carnavales, etc.

En la narración de *VIVEcuentos* podemos emplear tres maneras diferentes de dramatizar, según la conveniencia del relato:

- Una de ellas sería convirtiéndonos en el protagonista principal del cuento, el cual va guiando las acciones que los demás tienen que realizar.
- Otra sería actuando como cuentacuentos de la historia, presentando a los personajes (se puede hacer uso de títeres o peluches representativos), narrando y llevando a cabo las aventuras que les suceden.
- Por último, estaría la puesta en escena de un teatro de marionetas.

Todas las modalidades permiten ir acompañadas con decorados y/o de proyección de imágenes, para estructurar visualmente las escenas del cuento, así como de melodías que ambienten el contexto. También se puede aromatizar con un perfume adecuado al cuento el lugar donde se realice la representación, para sumergirnos en el relato con todos nuestros sentidos.

Cuando estamos inmersos en la narración y vivencia de los cuentos, conectamos con nuestra esencia infantil y es en esos momentos cuando todo lo que sentimos y expresamos es desde el corazón.

...porque la vida es cuento, seamos protagonistas del nuestro.

VERA, LA JARDINERA DE LA PRIMAVERA

Había una vez una niña llamada Vera, que todos los días, después del colegio, paseaba muy contenta (*gesto sonriente*) por el campo (*tenemos algunas hojas secas por el suelo y las pisamos y/o hacemos ruido de crujidos con una bolsa de plástico*). Lo que ella no se imaginaba es que hoy iba a ser un día muy especial.

Como era invierno, de repente empezó a nevar y Vera miró hacia arriba (*realizamos acción elevando el cuello*) para ver como caían los copos de nieve. Luego, comenzó a recoger con sus manos algunos de ellos (*ponemos cubitos de hielo al alcance de los niños/as para que lo manipulen*).

Vera empezó a tener mucho frío (*gesto de tiritar y frotarse las manos*) y a sentir unas ganas enormes de que llegara la primavera y que todo el campo floreciese.

Siguió caminando para entrar en calor y, como era muy curiosa, comenzó a mirar detenidamente todo lo que había a su alrededor (*giramos la cabeza hacía lado derecho y luego al izquierdo*).

De pronto, tropezó con algo y entonces miró hacia abajo (*hacemos acción*):

—¿Qué es esto? —dijo.

Vera se agachó *(imitamos posición)* y escarbó un poquito *(realizamos gesto)*.

—¡Ah! ¡Es una pequeña semilla! —exclamó muy sorprendida *(expresamos emoción)*.

Era una preciosa semillita, *(los niños/as se ponen de rodillas con la cabeza agachada y rodeada por los brazos)* que estaba muy dormida dentro de su casita bajo la tierra *(imitamos la acción de dormir y emitimos ronquidos)*.

De repente, la semilla sintió la intensa luz del sol *(empleamos una linterna)* que con sus rayos calentitos comenzó a hacerle cosquillas por la cabeza y la espalda *(realizar acción de cosquillas a los niños/as y también entre ellos)*.

—¡Despiértate, dormilona! —le decía, pero la semillita remolona no quería abrir su casita.

El sol comenzó a calentarla más y más *(uso de un secador echando aire templado al alumnado)* y la semillita estiró lentamente una de sus ramitas. Luego, la otra y se despertó un poco *(nos incorporamos quedando de rodillas)*.

El cielo empezó a ponerse de color gris. Se oía acercarse una tormenta *(agitar un trozo de papel de aluminio)* y aparecieron muchas nubes *(pasamos algodón por las caritas de los niños/as)*.

Comenzaron a caer pequeñas gotas de lluvia sobre Semillita. ¡Era la lluvia, que había llegado! *(uso simbólico de una regadera y un pulverizador con agua)*

—¡Arriba, arriba! ¡Hay que levantarse! ¡Vamos, vamos! —le decía la lluvia.

Semillita comenzó a bostezar *(acción)*, estirando mucho hacia arriba sus ramitas *(elevación de brazos)*. Poco a poco fue brotando, *(nos vamos levantando, hasta quedar de pie)* sintiéndose maravillosa y llena de energía *(expresamos sensación)*.

De pronto, aparecieron muchas mariposas de colores que revolotearon a su alrededor *(uso de abanicos en las caras de los niños/as para sentir el aire del aleteo)* y también llegaron unos bonitos pajaritos *(realizar silbidos e imitar su vuelo)*.

Vera, la jardinera, muy ilusionada exclamó *(expresamos emoción)*:

—¡Semillita, te has convertido en una flor muy hermosa! ¡Contigo ha llegado la primavera! A partir de ahora, todo el campo se vestirá con preciosas flores.

Semillita agradeció al sol, a la lluvia y a Vera que la hubiesen ayudado a florecer con un gran aplauso *(aplaudimos todos/as)* y exclamó:

—¡Viva la primavera! *(lo decimos todos/as en voz alta)*.

...y este cuento que ha acabado, espero que os haya gustado.

Pepa Cabrera Soto

LA BRUJA MARUJA Y EL SAPO GUSARAPO

—¡Hola, buenos días! *(saludamos todos/as con la mano)* Yo soy la bruja Maruja y os voy a contar lo que le pasó un día a mi amigo el sapo Gusarapo. ¿Queréis escucharlo?

Había una vez una bruja, que se llamaba Maruja y vivía en una cabaña muy pequeña *(realizamos gesto con las manos)* en la cima de una montaña, muy pero que muy alta. ¿Cómo era de alta la montaña? *(Nos ponemos de pie, abrimos las piernas y elevamos los brazos hacia arriba formando un triángulo)*

—¡Vamos a mirar arriba, a la cabaña de la bruja! *(elevamos la cabeza)*

A los pies de la montaña, muy abajo, estaba el precioso largo verde donde vivía su amigo el sapo Gusarapo *(miramos hacia abajo)*.

Todas las mañanas, antes de bajar a visitar a su amigo el sapo, comenzaba a limpiar su cabaña:

- Pasaba el plumero por los muebles con gracia y esmero *(realizar acción)*.
- Barría con la escoba *(hacemos el gesto, primero despacio y luego muy rápido)*.
- Abría las cortinas para que entrara la luz del sol *(extensión amplia de los brazos a la vez)*.
- Sacudía con mucha energía las alfombras *(realizamos la acción)*.

- Le sacaba brillo a su maravilloso espejo mágico *(hacemos movimientos circulares hacia fuera y hacia dentro con un brazo y luego con el otro).*

Después, miró debajo de la cama *(nos agachamos como si buscásemos algo)*, encontró sus botas mágicas y se las puso *(nos calzamos las botas de un salto hacia adelante)*.

Por último, se peinó su larga melena morada delante de su reluciente espejo mágico *(acción de peinarse)*.

—¡Ea! Pues ya está limpia mi cabaña y yo estoy lista —dijo la bruja Maruja—. Ahora voy bajar al lago Verde a hacerle una visita a mi amigo el sapo Gusarapo, pero antes avisaré a la ardilla Pilla-Pilla, que seguro que también quiere venir. A ver si hoy no está muy nerviosa.

La ardilla Pilla-Pilla vivía desde hace tiempo en el árbol más cercano a la cabaña de la bruja y se había convertido en su compañera inseparable de aventuras.

—¡Pilla-Pilla! ¡Pilla-Pilla! —gritó Maruja—. ¿Estás por aquí? ¡Vamos a dar un paseo, que está el día muy bonito!

—¡Aquí estoy! —contestó la ardilla, bajando velozmente de una rama del árbol—. *(nos agachamos y levantamos muy rápido moviendo el culete y subimos los brazos al compás)* ¡Ya voy! —dice la ardilla.

—¡Uy, qué nerviosa vienes tú hoy! —dijo la bruja al verla aparecer.

La ardilla no paraba de dar saltitos con sus manitas encogidas cerca de la carita, moviendo el hocico y sin dejar de menar su colita *(imitamos a la ardilla)*.

—Mira, para que te tranquilices vamos a ir al bosque a recoger frutos y hierbas aromáticas. Verás como así te vas tranquilizando —le dijo la bruja.
—¡Hum, qué bien huele! —dijo Pilla-Pilla—. Por aquí debe de haber plantas de romero *(hacemos la acción de oler)*. Aquí, aquí. Es un matojo muy alto *(nos ponemos de puntillas y elevamos los brazos para alcanzarlo)*.

Empezaron a ver fresas en el borde del camino, casi al nivel de sus pies. Las cogían y metían en una cesta *(hacemos el gesto de recoger y guardar)*.

—¡Mira, mira! Por aquí hay manojos de hinojo. Vamos a llevarnos un poco *(flexionamos las rodillas e imitamos el acto de cogerlo a ambos lados del cuerpo)*.

Luego, encontraron un montón de arándanos en arbustos a la altura de sus cinturas y también los recogieron *(realizamos la acción)*.

—Bueno, con esto ya tenemos suficiente —dijo Maruja—. Ya podemos ir al lago Verde, que seguro que Gusarapo nos está esperando.

La bruja cogió su motoescoba y Pilla-Pilla se montó delante. La puso en marcha *(hacemos como si arrancamos una moto con el puño y uno de los pies)* y comenzó a volar montaña abajo *(imitamos el movimiento y giramos como si hubiera curvas)*.

Llegaron al lago, pero allí no había ni rastro de Gusarapo, así que empezaron a llamarlo:

—¡Gusarapo, Gusarapo! *(todos/as a la vez)*.

No estaba, qué raro *(cara de extrañeza)*; sin embargo, en el centro del lago había como una estatua. A ver, a ver... Sí, se parecía al sapo.

—¿Qué te ha pasado? Gusarapo, ¿puedes moverte? —preguntaron muy sorprendidas *(gesto de sorpresa)*.

Gusarapo no podía hablar, pero muy despacio, empezó a moverse, al ver que sus amigas habían venido. Se desplazaba muy lentamente de un nenúfar a otro *(nos movemos en silencio y en cuclillas alternando manos y pies)*, con expresión muy triste *(imitar emoción)*.

—¡Tiene el hechizo de la tristeza! ¡Tiene el hechizo de la tristeza! —dijo la bruja Maruja. Al pasar tanto tiempo solo en el lago Verde, se ha ido poniendo muy triste y poco a poco se ha ido paralizando.

—No te preocupes. Conozco una poción que deshará el encantamiento. Ahora mismo preparo un brebaje mágico y verás como te empiezas a poner mejor, Gusarapo —le dijo.

La bruja cogió un pequeño tronco hueco que había por allí, para utilizarlo como caldero y sacó de la cesta los frutos del bosque y las hierbas aromáticas.

—¡Vamos allá, Pilla-Pilla, hagamos el brebaje! *(todos/as movemos las manos como si echáramos los ingredientes)*
—¡Un par de fresas... para mover la cabeza! *(realizamos acción suave hacia los lados y girándola en círculo)*

—¡Un ramo de hinojo... para abrir bien los ojos! *(hacemos gesto)*

—¡Una mata de romero... para menear el cuerpo entero! *(en el sitio vamos soltando extremidades como un muñeco de trapo)*

—¡Y, por último, un puñado de arándanos...para salir gateando! *(realizamos acción)*

—¡Removemos y decimos «¡Hierbas y frutos del bosque haced que Gusarapo pase un buen rato!» —Y empezaron a salir del caldero unas burbujas mágicas *(uso de un pompero)*. —¡Repetimos todos/as: «¡Hierbas y frutos del bosque haced que Gusarapo pase un buen rato!»

Una vez terminado el brebaje, la bruja Maruja se lo dio a la ardilla, para que se lo llevara al sapo. Este se lo bebió enseguida y de pronto empezó a brincar de un lado para otro, a sonreír y a jugar al pilla-pilla con su amiga la ardilla *(hacemos acciones del juego)*. Gusarapo volvía a ser el mismo de siempre.

Los tres aplaudieron mucho y estaban muy alegres *(expresar emoción)*. La bruja, viendo lo que había ocurrido, pensó que Gusarapo no podía vivir solo en el lago Verde y decidió que fuera con ella y con Pilla-Pilla a lo alto de la montaña.

Y así fue. A la mañana siguiente le construyeron un estanque verde al lado de la cabaña. Cavaron y cavaron profundo *(realizamos acción)*, pusieron piedras grandes a su alrededor *(hacemos como si cogemos piedras que pesan y las dejamos en el suelo)* y trajeron agua fresquita en cubos de un arroyo cercano.

—¡Listo! —exclamaron al tiempo que chocaban sus manos *(hacemos el gesto con el compañero/a de al lado)*
—¡Perfecto!
—¡Gusarapo, este estanque verde no es tan grande como el lago en el que vivías antes, pero lo más importante es que siempre estarás acompañado de nosotras, tus mejores amigas del bosque, la ardilla Pilla- Pilla y la bruja Maruja!

...y este cuento que ha finalizado, espero que os haya encantado.

Pepa Cabrera Soto

EL HADA AFLAMENCADA

—¡Hola, niños y niñas! ¿Cómo estáis? ¿Sabéis quién soy? Soy el hada Aflamencada y me gustaría que me conocierais un poco mejor. ¿Queréis?

Bien, comencemos mi historia. Yo vivo en un reino muy, muy lejano. A ver, chicos/as, ¿cómo se llamará mi reino? Muy bien, el Reino de las Hadas.

Como veis, soy un hada que siempre viste muy elegante y refinada. Tengo una voz muy bonita para cantar ópera *(emitimos una melodía)* y sé bailar muy bien ballet *(inventamos movimientos de danza: brazos elevados, pies unidos, adelantamos uno y luego el otro, giramos...).*

A las hadas como yo, desde muy pequeñas también nos enseñan a tocar el arpa *(realizamos sonido y acción de tocar este instrumento)* y a usar la varita mágica con mucha delicadeza *(realizamos movimientos suaves, como si usásemos una varita).*

Un buen día, cuando paseaba por el bosque encantado, recogiendo y oliendo *(hacemos las acciones)* el néctar de las flores para hacer mis perfumes, oí un extraño sonido *(se toca un pito de carnaval, hacemos su sonido).*

—¿Qué será ese ruido y de dónde vendrá?

No lo pensé dos veces. Decidí que lo mejor sería volar hacia aquel lugar y averiguar qué era ese sonido misterioso. Me eché por encima mis polvos mágicos de hada, por la cabeza, los hombros, los brazos, las piernas, etc.; agité bien mis alas y a volar *(realizamos los gestos)*.

Volando, volando *(nos movemos por el espacio imitando el vuelo)*, siguiendo el sonido, fui a parar a otro reino, desconocido para mí, ya que yo nunca me había atrevido a salir del Reino de las Hadas. Aquel reino estaba decorado con farolillos, guirnaldas, máscaras y antifaces. Me quedé muy sorprendida *(expresamos emoción)* al ver tantos colores y brillos por todas partes.

La primera persona que me encontré en aquel lugar fue un payaso llamado Arlequín.

—¡Hola! —me dijo Arlequín muy sonriente *(expresión de alegría)*.
—¡Bienvenida al Reino del Carnaval! ¡Ven conmigo, ven conmigo, voy a mostrarte muchas cosas que seguro te van a encantar!
—¡Sí!

Estaba en el Reino del Carnaval y quería conocerlo todo y aprender lo que se hacía en ese lugar. Lo primero que hizo Arlequín fue ponerme un traje de volantes, pues todo el mundo allí estaba disfrazado. Había disfraces de indios, de vaqueros, de momias, etc. Luego, me enseñó varias cosas como, por ejemplo:

- A tocar el pito de carnaval *(hacer sonido)*... «Ah, este era el sonido que yo escuchaba».
- A tirar papelillos y serpentinas *(realizamos acción de manera exagerada)*.
- A tocar el bombo y la caja *(sonidos y gestos de estos instrumentos)*
- Y hacer el "tipo, tipo" *(nos desplazamos con ritmo en fila de izquierda a derecha)*.

Yo me estaba divirtiendo muchísimo y le dije a Arlequín que también quería aprender a tocar las castañuelas *(realizamos movimientos de manos y dedos)* y a bailar flamenco *(movemos muñecas, brazos y taconeo)*.

Bailando, bailando, de repente me fijé en el retrato de un hada muy guapa, que estaba allí colgado. Le pregunté a Arlequín quién era.

—Es el hada Flamencuela. Ella fue la primera hada que hace muchos años vino a nuestro reino y la nombramos Diosa del Carnaval.

—¡Hum, hada Flamencuela...! ¡Pero, si es mi abuela! —exclamé yo.

—¡Cómo me gusta el Reino del Carnaval —le dije a Arlequín.

Quería quedarme a vivir allí todo el año, pero él me explicó que ese reino era mágico y que después del mes de febrero desaparecía y no volvía a aparecer hasta el siguiente año por esas mismas fechas.

Entonces, comprendí que mi lugar estaba en el Reino de las Hadas. Allí era la encargada de recolectar néctar de las flores para hacer el perfume de hadas, así que, con una gran sonrisa, emprendí el vuelo hacía mi reino, pensando que volvería cada mes de febrero para ponerme el traje de volantes y disfrutar como hada Aflamencada en el Reino del Carnaval.

...y este cuento que ha terminado, espero que os haya hechizado.

LAS DIVERGAFAS

Esta es la historia de un niño llamado Pepe.

Pepe se mudó con sus padres a otra ciudad. Hoy comienza en un colegio nuevo, donde hay muchos/as niños/as y no conoce a ninguno. Él está muy nervioso *(mostrar emoción)*, porque hoy es su primer día.

Cuando llega al colegio, se encuentra a una niña:

—¡Hola, yo soy Pili! ¿Y tú?
—Yo me llamo Pepe y he llegado nuevo a este cole. Dame dos besitos *(hacemos gesto de besar)*, te voy a enseñar el cole.

Mientras le enseñaba el cole, pasó por allí un niño, llamado Tomás.

—¡Hola, Tomás! —le dijo Pili—. Mira, ven. Este es mi nuevo amigo, Pepe.
—¡Hola, yo soy Tomás!

Tomás era un niño al que le gustaba pasar tiempo solo. Era callado y no jugaba mucho con los demás. Era tímido y vergonzoso *(mostrar expresión de vergüenza)*.
Estaban los tres juntos cuando apareció por allí Ana, otra amiga de Pili.

Pili era una niña que corría muy poco. Era lenta y tenía problemas con su equilibrio. Había que ayudarla a subir y bajar escaleras y también en el patio, cuando los niños y las niñas corrían a su alrededor.

—¡Hola, yo soy Ana! Un abrazo *(dar abrazo al compañero/a que tengamos al lado)*. ¡Bienvenido al cole! ¡Qué bien que tengamos un nuevo amigo! —dijo.

Pepe se encontraba muy contento, porque estos dos compañeros lo habían tratado fenomenal. Habían sido muy cariñosos y le habían hecho sentir muy bien en este primer día de cole al que él venía tan nervioso. Le habían ayudado a superar el primer día y así ya vendría ilusionado mañana con volver a verlos.

A la mañana siguiente, Pepe se levantó como todos los días y fue solo paseando al cole que estaba al lado de su casa. Tenía que cruzar por un parque lleno de árboles y de repente se fijó en algo que brillaba colgado de la rama de un árbol. Se acercó, miró bien y... ¡aaahhh, eran unas gafas!!

—¿Para qué quiero yo estas gafas si veo muy bien? Bueno, las cogeré por si se les ha perdido a algún niño del cole —dijo Pepe *(nos ponemos de puntillas y extendemos un brazo como si quisiéramos coger algo que esta alto).*

Pepe cogió las gafas, las metió en la mochila y siguió caminando. Al llegar al cole, se encontró con Pili en la clase y le dijo:

—Mira lo que me he encontrado en el parque. A lo mejor son de algún compañero. Vamos a preguntar. ¿Alguien ha perdido unas gafas? Tomás, Ana, ¿son vuestras estas gafas? —no contestó nadie.

—A ver, pruébatelas para ver cómo te quedan —dijo Pili *(hacemos el gesto de ponernos unas gafas).*

—¡Que no, que no! ¡Que yo veo bien, que no me quiero poner las gafas —dijo Pepe.

—Entonces, me las pongo yo —dijo Pili.

Al ponerse Pili las gafas y mirar hacia Ana, esta comenzó a recitar una poesía de maravilla.

—¡Ana, qué bien recitas la poesía! ¿La has escrito tú? Eres una gran poeta. ¡Qué creatividad, qué buena memoria tienes! Me encanta cómo la interpretas.

Con estas gafas, Pili vio que Ana, a pesar de tener dificultades para caminar y correr, se le daba estupendamente crear poesía y recitarla con mucho arte y salero. Era una niña poetisa maravillosa.

—¡Yo me quiero poner las gafas! ¡Yo también me quiero poner las gafas! ¡Déjamelas, Pili, déjamelas! —exclamó Pepe.

Pepe se las puso y observó que Tomás estaba dibujando un cuadro precioso *(realizamos acción de pintar)* con mucho colorido, como el de los grandes pintores.

—Tomás, este dibujo es fantástico. No sabía que pintabas tan bien. ¡Yo quiero que me hagas uno y me lo regales!

Con las gafas puestas, Pepe pudo ver que el tiempo que Tomás pasaba solo lo dedicaba a aprender a dibujar. Se encontraba muy a gusto entre lienzos y acuarelas, y era feliz con sus pinturas.

—¡Estas gafas son geniales, increíbles! ¡Con ellas podemos ver las cosas tan especiales y diferentes que pueden hacer nuestros amigos y ni las imaginábamos! —dijo Pili.

Pepe y Pili se sorprendieron *(expresar emoción)* ante las extraordinarias capacidades de sus compañeros, de las cuales no tenían ni idea, y eso que compartían con ellos días de colegio y parque.

—Entonces, a estas gafas las vamos a llamar... ¡las divergafas!, ya que gracias a ellas vemos la diversidad de habilidades fantásticas que tienen las personas que nos rodean y que pasan desapercibidas la mayoría de las veces —dijo Pepe.

—¡Así que venga! ¡Poneos vuestras divergafas y preparaos para empezar a ver en los demás todo lo bonito que nos tienen que dar y mostrar! —dijeron Pepe y Pili a la vez.

...y este cuento que ha acabado, espero que os haya divertido.

LOS EMODUENDES

Os voy a contar la historia de la duende Askita. ¿La queréis escuchar?

La duende Askita vivía sola en la casita del árbol, en un bosque muy tranquilo, siempre en silencio, no se escuchaba nada. Askita echaba de menos otra vida, se sentía rara, no sabía muy bien a qué grupo de duendes pertenecía. No tenía otros amigos duendes. Por allí cerca no vivía nadie más.

Ella no tenía ganas de nada. Estaba siempre desganada, iba del sofá a la cama y de la cama al sofá *(movimiento y expresión desganada)*.

Como sabéis, todos los duendes tenían un trabajo en el bosque: algunos se dedicaban a cuidar las flores, otros alimentaban a los animales y otros se dedicaban al huerto, pues Askita todavía no había logrado encontrar su oficio, ni su lugar en el bosque.

Un buen día se despertó *(gesto de desperezarse)* y, cansada de estar así *(expresión de cansancio)*, se dirigió a la cocina. Preparó una mochila con algo para comer: un bocadillo, fruta y agua. Decidió cerrar la puerta de la casa del árbol para emprender un largo camino, aunque ciertamente no tenía muy claro lo que buscaba, ni lo que se podía encontrar.

Caminando, caminando por el frondoso bosque, empezó a sentirse mejor *(mostramos expresión de alegría)*. Sentía el calor del sol en su cuerpo, la hierba mojada en sus pies y lo bien que olían las flores silvestres de mil colores *(realizamos la acción oler)*.

Se detenía a escuchar el sonido de los pajaritos *(manos detrás de las orejas y expresión atenta)* y del agua del río con el sonido de la cascada; a mirar los peces de colores que en él nadaban, a observar las copas de los altos árboles y cómo los rayos del sol entraban en ellas. Se sentía tan pequeñita en el inmenso bosque, pero a la vez fuerte para seguir su aventura, porque estaba segura que aquel no era su lugar. No había ningún duende viviendo por allí.

Siguió caminando y caminando *(nos desplazamos lentamente)*, y se dio cuenta que a los lados del sendero iban apareciendo unas setas rojas. Las miró extrañada. No sabía qué eran, pero comenzó a escuchar un pequeño murmullo que provenía de ellas. Askita empezó a sentirse un poco mareada y a tener fatiga. El olor de alguna de las setas le parecía desagradable y no sabía por qué. Empezó a sentirse muy extraña y su cara cambiaba por momentos *(ponemos caras extrañas)*.

Aquel lugar era tan bonito... Quería averiguar qué eran esas setas, porque ella vivía en un árbol y no creía que allí pudiera vivir ningún duende. Mirándolas, vio que tenían unas ventanas, una puerta... y pensó que a lo mejor sí vivía alguien ahí. De repente, comenzó a escuchar un ruido de ramas detrás de ella:

—¡Aahh! ¿Quién eres?

Ahí estaba un duende con cara de asustado.

—Me llamo Miedoso *(expresamos emoción)*. ¿Y tú?
—Yo, Askita. ¿Qué haces por aquí?
—Vivo en el Bosque de las Setas —respondió Miedoso.
—¿Me puedes ayudar? —le preguntó Askita.
—No, no. Yo me voy ya. Me das miedo, nunca te he visto —respondió.
—Ven, ven, que no te hago nada —insistió el duende.
—Es que a mí los duendes que no conozco me dan miedo —dijo.
—¿Y qué más te da miedo? —le preguntó Askita.
—Pues el bosque de noche, sus sonidos, los animales grandes —respondió Miedoso.
—Mira, Miedoso, acompáñame en mi camino, que yo tampoco me encuentro muy bien.

Miedoso le dijo a Askita que no se sintiera sola, que le iba a presentar a otros duendes que vivían en las setas. Llamaron a una puerta y salió una duende preciosa, con una gran y acogedora sonrisa.

—¡Hola, bienvenida! Me llamo Alegría. ¡Pasa, estás en tu casa!

A su lado había un duende con cara de enfadado.

—Yo soy Rabioso y ¡no quiero que entres! ¡Fuera de aquí! *(expresamos enfado)*.

Ellos vivían juntos. A Alegría le gustaba cantar saltar, reírse mucho y a Rabioso eso le daba coraje. Se ponía muy rojo cada vez que Alegría bailaba por la casa sin parar.

Alegría convenció a Rabioso para enseñarle el Bosque de las Setas a Askita. Hablaron y le contaron que Alegría era la duende encargada de que todas las flores del bosque florecieran y que los árboles dieran sus frutos.

Miedoso era el encargado de que cada noche todos los animales se fueran a dormir: los conejos a sus madrigueras, los búhos a los árboles, etc. Rabioso trabajaba de carpintero. Tenía mucha fuerza y con madera construía casitas en los árboles para los pájaros. Askita se preguntaba: «¿Y yo? ¿Para qué serviré?»

Se acercaron a una casa seta que estaba aislada y llamaron. Tardaban mucho en abrir. Entonces, apareció Tristón.

—¡Ay, qué pena tengo! ¡Qué pena! *(expresamos emoción de tristeza)*
—¡Hola, venimos a verte!
—Mira, Askita, este es Tristón. Es el encargado de recoger el agua de lluvia y regar nuestro huerto y las flores. Se pone muy triste cuando alguno de los duendes se marcha a otro bosque o cuando algún animal está enfermo *(expresamos tristeza)*.

Alegría, que tenía muy buena memoria, se acordó al ver a Askita que cuando eran pequeños, en el Bosque de las Setas vivían cinco duendes, y no cuatro, como ocurría ahora.

Recordó que una noche de tormentas, relámpagos y mucha lluvia, a uno de ellos lo arrastró la corriente río abajo, mientras alimentaba a las pequeñas ardillas que vivían cerca del río. ¡Era ella! ¡Askita, bienvenida a tu familia!

Así fue como Askita supo que su tarea en el bosque era la de alimentar a las crías de los animales, procurándoles frutos buenos y de temporada, que estuvieran en buen estado, sin veneno, ni contaminados. ¡Ella era el asco!

Para celebrar que estaban todos juntos, hicieron una fiesta, en la que bailaron y cantaron muy contentos en el Bosque de las Setas *(terminamos el cuento, bailando en corro una canción alegre)*.

...y este cuento que ha finalizado, espero que os haya emocionado.

Pepa Cabrera Soto

LAS AVENTURAS DE LA PIRATA PELORROJO Y EL DRAGÓN PIRATÓN

Había una vez una pirata llamada Pelorrojo, que vivía en un gran barco, acompañada de su amigo el dragón Piratón.

Era un día como otro cualquiera y navegaban por el ancho mar. Estaba muy soleado *(entrecerrar los ojos mirando hacia arriba)* y Pelorrojo se encontraba mirando al horizonte por si veía alguna isla *(imitamos la acción de mirar por un catalejo)*. La pirata llevaba meses y meses surcando los mares, buscando una isla para conquistar, construirse una cabaña y vivir allí. De repente, el dragón Piratón dijo:

—¡Pirata Pelorrojo, estoy viendo algo!

Había mucha niebla y no se veía muy bien. Era una roca, un delfín...

—¡Nooo! *(gritamos todos/as a la vez)*.

Era una barca y en ella venía un pirata náufrago.

—¡Hola, hola! *(saludamos todos/as con las manos)* ¿Qué te pasa? Vamos a ayudarte. ¡Sube, sube! ¡Venga, vamos *(realizamos la acción de coger a alguien que pesa y subirlo al barco)*.
—¿Cómo te llamas? —le preguntó la pirata Pelorrojo.

—Me llamo el pirata Sin Manos y navego en una barca, buscando la Isla de los Dragones para encontrar un gran tesoro. Aquí está mi mapa.

Para celebrar que lo habían rescatado sano y salvo, brindaron con un zumo de piña *(brindamos todos/ as por esta aventura)* y decidieron ir juntos durante la travesía.

Por la tarde, empezó a soplar un viento huracanado *(hacemos el sonido del viento)* y comenzó una gran tormenta *(mover papel de aluminio y echar agua con un pulverizador)*. En el mar se formaron olas muy grandes, que movían el barco pirata de un lado al otro. Pelorrojo, Sin Manos y Piratón se balanceaban en la cubierta *(nos tambaleamos de un lado a otro)*. La pirata le dijo al dragón Piratón:

—¡Nos vamos a la deriva, hay que izar las velas rápidamente! *(arriba y abajo alternando los brazos)*

Al llegar a la isla, se bajaron del barco *(saltamos con los dos pies juntos)*, miraron a su alrededor *(movemos la cabeza de izquierda a derecha)* y quedaron muy impresionados *(expresamos sorpresa)*. Observaron unas palmeras muy altas llenas de cocos y, como estaban sedientos y hambrientos, decidieron subir a coger algunos de ellos *(realizamos acción de trepar, alternando brazos y piernas)*.

Cogieron uno y lo partieron con la espada *(realizamos acción)*. Se lo bebieron y comieron *(imitamos los gestos)*. Luego, se sentaron a descansar y comenzaron a oír sonidos *(emitimos gruñidos)* y sintieron como ráfagas de aire *(uso de abanicos)*.

Miraron hacia arriba *(elevamos el cuello)* y vieron un montón de enormes dragones sobrevolando en círculo sobre ellos *(imitamos el vuelo circular, extendemos mucho los brazos y hacemos como sí echáramos fuego por la boca)*.

Pelorrojo y Sin Manos se asustaron y sintieron mucho miedo *(expresamos emoción exagerando)*; sin embargo, Piratón estaba muy contento *(gesto de alegría)*, ya que podría conocer a dragones como él.

Ahora que habían llegado a la isla, después de tanto tiempo, les quedaba lo más difícil: encontrar el tesoro que estaba vigilado por los fuertes dragones *(realizamos gesto de fortaleza con los brazos)* en su tenebrosa guarida.

Pelorrojo y Sin Manos hablaron y tuvieron una gran idea, para poder conseguir el botín: que el dragón Piratón volara con los otros dragones, se hiciera amigo de ellos y así poder descubrir dónde estaba la cueva del tesoro. Se lo contaron a Piratón. A él le gustó mucho el plan y no dudó en ayudar a sus compinches piratas.

Los piratas comenzaron a andar por la arena (*nos desplazamos lentamente cada vez más cansados*), buscando un lugar donde resguardarse, pues ya era de noche y no se veía nada. Se tumbaron y se quedaron dormidos (*hacemos el gesto de dormir*).

A la mañana siguiente, cuando despertaron (*nos vamos levantando poco a poco*), se dieron cuenta de que estaban dentro de una gran gruta y al fondo se veían unos destellos de luz muy brillantes.

Se fueron acercando sigilosamente (*andamos de puntillas lentamente hacia delante*) y... ¡allí estaba el maravilloso tesoro! El enorme cofre contenía miles de monedas de oro, piedras preciosas y valiosas joyas. ¡Y no había ni rastro de los dragones! (*decimos ¡bien!, dando saltos de alegría*).

«¿Dónde estarían entonces?», se preguntaron (*realizamos gesto de duda, encogiendo los hombros*).

Pues resulta que Piratón se había hecho amigo de los dragones de la guarida y se los había llevado en el barco pirata a dar un paseo por la costa, con almuerzo incluido. Y desde aquel día los piratas Pelorrojo, Sin Manos y el dragón Piratón viven en una cabaña en la Isla de los Dragones, disfrutando todos del preciado tesoro.

...y con este cuento que ha finalizado, espero hayáis disfrutado.

Pepa Cabrera Soto

EL PULPO MANOLÍN

Había una vez un pulpo llamado Manolín que, como todos los pulpos, vivía en el mar. Todas las mañanas se preparaba para dar su paseo.

Comenzaba moviendo la cabeza hacia todos los lados *(arriba, abajo, izquierda y derecha)* y hacía tres respiraciones profundas *(inspirar por la nariz y soltar por la boca)*. A continuación, ponía en funcionamiento cada uno de sus tentáculos. Los sacudía primero suavemente y luego más fuerte *(hacemos acción con los brazos y las piernas progresivamente)* y, por último, movía su cinturita con movimiento circulares *(gesto)*.

Una vez terminada su rutina, Manolín comenzaba a nadar. Nadaba y nadaba *(gestos de nado)*, recorriendo largas distancias, observando con los ojos muy abiertos *(abrimos mucho los ojos)* todo lo que se encontraba a su alrededor: preciosos corales, ruinas de un galeón hundido y muchos peces pequeños de colores.

Pero el Pulpo Manolín se estaba dando cuenta de que todos los días hacía lo mismo y se aburría muchísimo *(cara de aburridos)*, y de repente pensó *(gesto de pensar con la cara y mano)*: estaría bien que una mañana de estas me diera un paseo por la superficie del mar y nadara hacia la orilla de la playa, a ver si me animo un poco...

Dicho y hecho. A la mañana siguiente, después de hacer sus ejercicios, nadó hacia arriba *(brazos elevados, empinándonos con el cuerpo)* y sacó su cabeza hacia la superficie *(estiramos el cuello)*. Luego, siguió hacia la orilla de una hermosa playa y, conforme se iba acercando, iba sintiendo el balanceo de las olas que hasta allí llegaban *(movimientos de vaivén con todo el cuerpo)*.

Cuando alcanzó la orilla, una preciosa sonrisa se dibujó en su cara *(ponemos todos/as una carita contenta)*, al contemplar un maravilloso y colorido paisaje: un lugar muy iluminado por los rayos del sol, que casi le cegaba *(ojos entreabiertos y mano en la frente, como si nos tapáramos del sol)*, donde había muchas personas que estaban en sombrillas y toallas de todos los colores. También veía a muchos niños y niñas bañándose y chapoteando en el agua; otros haciendo castillos de arena, jugando a la pelota y volando cometas *(hacemos el gesto de volar una cometa)*.

El pulpo Manolín estaba tan distraído *(gesto de distracción)*, contemplando la playa, que no se dio cuenta de que una ola muy grande se acercaba. De repente, *(movemos todo el cuerpo con giros y haciendo el ruido del romper de las olas, como si hubiéramos quedado atrapados en una gigantesca ola, brazos haciendo rodillo)* después de dar unas cuantas volteretas por la orilla, el pulpo apareció tumbado boca arriba en la playa, tosiendo porque había tragado mucha agua *(acción de toser)*. Se levantó y sacudió todo su cuerpo *(realizamos sacudidas)*.

De pronto, escuchó una vocecita detrás de él:

—¡Hola, hola! Estoy aquí.

Se dio la vuelta y vio a una pequeña estrella de mar que, como a él, también la había arrastrado la gran ola.

—¡Hola! Yo soy el pulpo Manolín. ¿Quién eres tú?
—Yo soy la estrellita Marita y me encuentro muy perdida y asustada *(ponemos cara de susto)*. Estaba tomado el sol en la orilla cuando he empezado a dar vueltas y vueltas sin parar. Estoy un poco marea-da *(gesto de mareo)*. ¿Me das tu manita, por favor? *(Buscamos a un compañero/a y le cogemos de la mano)*

Y los dos comenzaron a andar por la playa *(cami-namos por el espacio)* y empezaron a sentir la arena calentita bajo sus tentáculos, que les quemaba un poquito *(dar pequeños saltitos como si nos quemara la arena)*. A continuación, empezaron a andar más rápido y se dirigieron hacia la arena más seca, donde les costaba andar aún más *(movimientos más lentos y pesados al caminar)*.

Como estaban muy cansados se tumbaron un ratito en la arena, a escuchar el sonido de las olas del mar y sentir el calor del sol *(recreamos situación)*.

De pronto, una pelota apareció botando a su lado y decidieron jugar con ella, como hacían los niños y niñas que había en la playa *(pasarse una pelota primero con las manos y luego con los pies)*.

—¡Qué bien me lo estoy pasando, Manolín! —dijo Marita—. Me gusta mucho esta playa *(ponemos gesto de satisfacción)*.

Continuaron su paseo y Manolín dijo:

—¿Qué te parece si cogemos arena como hacen esos niños y formamos bolas para tirarlas?
—¡Me parece genial! —dijo Marita.

Así que se pusieron a modelar bolas de arena y a jugar con ellas *(realizamos la acción, el gesto de tirar y acompañamos con expresiones como «¡Toma!», «¿A que no me das?»)*.

De repente, vieron ante sus ojos una gran duna de arena y decidieron subirla *(acción de subir con manos y piernas como si escalásemos)*, para después deslizarse por ella rodando *(tumbados en el suelo, damos vueltas)*.

Después de estos juegos, decidieron retomar su paseo por la orilla para refrescarse un poco, *(usar un pulverizador con agua sobre los niños/as)*, ya que tenían mucho calor *(gesto de sofoco)* y se remojaron un poco *(acción de salpicar, chapotear en la orilla del mar, saltar las olas)*. Mientras estaban en el agua, vieron que unas conchas muy bonitas brillaban y las cogieron una a una para tener un recuerdo de ese día tan maravilloso que estaban pasando *(realizamos la acción de agacharnos, coger conchas y guardarlas en los bolsillos)*.

El tiempo pasaba muy rápido. Manolín y Marita estaban tan contentos de haberse conocido y de haber jugado juntos que no se daban cuenta que se estaba poniendo el sol y que tenían que volver a sus casitas, antes de que se hiciera más tarde: Manolín a su roca en el fondo del mar y Marita a un arrecife no muy lejano.

—Manolín, vamos a tener que marcharnos. Se está haciendo de noche y tengo que volver a mi casita de coral. ¡Con lo bien que nos lo estamos pasando!

Entonces, Marita comenzó a ponerse triste y una lagrimilla asomaba por su mejilla *(ponemos cara de tristeza e imitamos el gesto y sonido del llanto)*, al pensar que a lo mejor nunca más volvería a estar con su nuevo amigo, el pulpo Manolín.

—¿Por qué te pones triste, Marita? Piensa que hoy lo hemos pasado fenomenal, nos hemos conocido y juntos podemos venir a divertirnos a esta playa cada vez que queramos. Eres una amiga de aventuras genial.

Los dos sonrieron mucho y chocaron sus tentáculos en señal de amistad *(realizamos la acción de sonreír mucho y chocar los cinco)*. Pero, ¿qué pasó? ¡Que los tentáculos se quedaron pegados y no podían despegarse! *(Nos unimos con las dos manos con el compañero que tengamos al lado y hacemos intentos de despegarnos)*. De esta manera, *(nos quedamos cogidos de una mano)* se fueron metiendo poco en el agua que estaba, por cierto, muy fría *(realizamos el gesto de frío)*. Gracias al agua salada, se fueron despegando y entones decidieron que a la de tres se zambullirían en el agua los dos a la vez.

Contaron ¡una, dos y tres! y se sumergieron en el agua *(gesto de tirarnos de cabeza o taparnos la nariz)*. Se fueron alejando mar adentro muy felices, pensando que a lo mejor la próxima gran ola los uniría otra vez en una fantástica aventura.

...y este cuento que ha acabado, espero que os haya alegrado.

Pepa Cabrera Soto

NERO, EL ESQUIMAL FRIOLERO

¿Os gustaría conocer la historia de Nero, el esquimal? Chicos y chicas, ¿sabéis donde viven los esquimales? Pues sí, comenzamos nuestra aventura en el Polo Norte. Sí, sí. Nero vivía en el Polo Norte, en un bonito iglú. ¿Sabéis qué es un iglú? Es una casita redondeada, formada por grandes bloques de hielo. Pues sí, ahí se encontraba el protagonista de este cuento, pero Nero no era un esquimal como todos los demás. Él era especial y ya sabréis por qué os lo digo.

A Nero, el esquimal, le encantaba pescar, pero no iba tanto como él quisiera, ya que no le gustaba salir de su iglú, porque para él hacía mucho frío fuera *(gesto de frío tiritando)*. Esto es lo que ocurría y por eso él era un esquimal especial.

Nero siempre, siempre, siempre tenía mucho frío. «Pero, Nero, si vives en el Polo Norte, ya deberías haberte acostumbrado», le decían sus vecinos. «Te llamaremos Nero, el esquimal friolero». Pues sí, tenía frío y no se le quitaba en ningún momento.

Por ello, las pocas veces que salía a pescar se vestía con mucha ropa. Se ponía tres camisetas interiores, dos jerséis de cuello vuelto y un pantalón de pana. Encima se ponía un abrigo con capucha de pelito, unas botas muy altas forradas y unas manoplas muy calentitas. Por último, no podían faltar su gorro de lana con borlón y una bufanda de lana gorda *(se hacen los gestos al ponernos cada prenda de vestir)*.

Y así, muy bien abrigado, Nero cogía lo que necesitaba para ir a pescar: una silla, un cubo, la caña de pescar, gusanos y un mazo, y se dirigía caminando hacia el estanque helado más cercano. Su andar era lento y pesado, ya que llevaba puestas muchas prendas de vestir. Además, la silla y la maza pesaban un poco *(expresamos acciones)*.

Una vez llegado al lugar, cogía la maza y daba unos golpes en el centro del lago *(hacemos acción)*, con el fin de hacer un agujero por donde meter la caña de pescar. Se sentó en su silla, echó la caña y empezó a coger un pescado tras otro. Uno, dos, tres... *(hacemos gesto de lanzar y recoger caña)* ¡Qué suerte estaba teniendo!

Tras pasar un rato divertido y haber llenado el cubo de peces hasta arriba, decidió recoger todo e irse *(hacemos gestos de andar cargados y llevando un cubo muy pesado)*. En su camino, comenzó a oír a sus espaldas unos pasitos *(clap, clap)*, primero muy rápidos y volvía su cabeza hacia la izquierda *(hacemos movimiento)*, pero no veía nada. Siguió caminando. De repente, los escuchó más despacito. Giró su cabeza hacia la derecha y tampoco observó nada *(realizamos acción)*, pero al mirar hacia delante...

—¡Hola, soy Tino! Soy un pequeño pingüino *(saludamos e imitamos el caminar de un pingüino)* y tengo mucha hambre. ¿Me puedes dar algún pescado?

—¡Hola, yo soy Nero! Tengo mucho frío, pero te voy a dar la mitad de lo que he pescado hoy antes de irme a mi iglú.

Nero podría estar siempre congelado de frío por fuera, pero tenía dentro un gran corazón calentito.

El pingüino Tino se mostró muy agradecido por la comida y le dijo:

—Nero, yo te puedo ayudar a que tengas menos frío, haciendo ejercicios muy divertidos. A ver si así te sientes más a gusto aquí en el Polo Norte. ¿Te gustaría venir conmigo?

—¡Sí! —dijo Nero muy fuerte a su nuevo amigo.

Así que dejaron las cosas de pescar en el iglú y fueron a jugar. ¡Vamos todos!

Primero, Tino y Nero escalaron una montaña muy alta *(realizamos la acción de subir con brazos y piernas)*. Una vez arriba, montaron en un trineo y se deslizaron velozmente ladera abajo. ¡Yupi! *(nos situamos detrás de un compañero y lo cogemos por la cintura. Una curva a la derecha, otra a la izquierda, recto, ahora un bache y luego un saltito).*

Al terminar el recorrido, Nero y Tino aplaudieron *(aplaudimos)* muy contentos.

—¡Qué calor me ha entrado con la carrera! —dijo Nero, quitándose el abrigo y el gorro.

Tino comenzó a reírse mucho *(nos reímos)* al ver a su amigo tan acalorado. Y ahora vamos a la pista de patinaje. ¡A patinar, vamos! *(hacemos la acción de patinar, una pierna, la otra... Hacemos un giro, cogemos a un compañero de la mano y nos deslizamos).*

—¡Cómo me gusta patinar, Tino! —dijo Nero muy enérgico y excitado.

Cuando terminó de patinar, se volvió a quitar ropa: la bufanda y los dos jerséis de cuello vuelto.

—¡Ay, qué ligero me siento ahora! Parece que peso menos.

El pingüino Tino, al comprobar lo animado que estaba Nero, dijo:

—Vamos a hacer un muñeco de nieve, ¿vale? Para que nos recuerde el día tan bonito que estamos pasando.

Comenzaron a hacer dos bolas de nieve, una más grande que otra y las hicieron rodar *(acción con los brazos)*. Las montaron una encima de la otra, así ya tenían la cabeza y el cuerpo. Luego, les hicieron dos agujeros para los ojos y una gran sonrisa como boca. También les pusieron el gorro con borlón y la bufanda de lana de Nero, que se había quitado antes.

¡Y ya estaba terminado! Entre saltos de alegría, el esquimal Nero y el pingüino Tino se dieron un abrazo grande, fuerte y cariñoso, uno de esos abrazos de amistad que te dan todo el calor que necesitas para no sentir frío nunca más *(abrazamos al compañero/a de al lado)*.

Y así lo sintió Nero. Se dio cuenta que a partir de ahora no volvería a tener más frío, que ya no sería Nero, el esquimal friolero. Su amigo, el pingüino Tino, le había enseñado a divertirse fuera de su iglú. Todos los días jugarían en la nieve para ser los mejores amigos siempre.

…y este cuento que ha finalizado, espero que os haya entusiasmado.

Pepa Cabrera Soto

DESCALCETINES

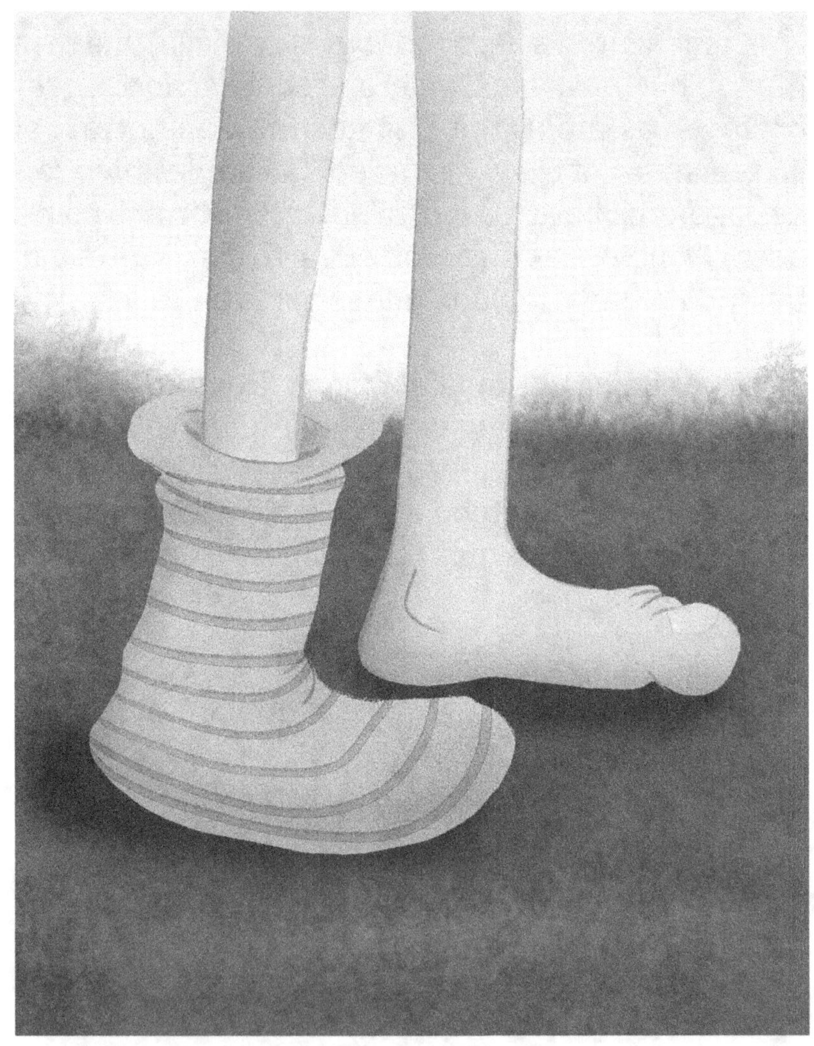

¡Hola, chicos y chicas! ¿Queréis saber qué significa el título de este cuento? Pues vamos a comenzar desde el principio. En una selva muy lejana vivía una tribu de niños y niñas. Sí, sí, como vosotros/as, de vuestra misma edad, llamada la Tribu de los Pies Descalzos. Ellos/as siempre estaban muy contentos *(gesto sonriente)* y se divertían mucho a todas horas, bailando, riendo. ¿Queréis que los acompañemos en un día como hoy? *(Nos levantamos y nos descalzamos)*

A ver, ¿cómo está el suelo? Pues, para empezar con energía la mañana, en la Tribu de los Pies Descalzos, bailaban de varias maneras: apoyando el talón y luego la punta varias veces, alternando pies; dando varios pasitos de puntillas hacia delante y hacia atrás, con movimientos circulares de los tobillos, etc.

A veces, estaban tan emocionados jugando que, sin querer, se pisaban unos a otros *(hacer la acción)*. Primero, pateaban despacio y luego más rápido para quitarse la tierra que pudieran tener *(realizamos movimientos)* y daban saltitos en los charcos de agua que encontraban *(saltamos en el sitio)*.

Los Pies Descalzos se querían mucho y para demostrarlo se hacían caricias unos a otros *(acariciamos con los dedos de los pies el pie del compañero)*;

se daban besos uniendo los dedos gordos de los pies *(realizamos la acción y el sonido con los labios)*; se hacían cosquillas en las plantas de los pies, sujetando plumas con los dedos. *(repartimos plumas y hacemos lo indicado)*

Estaban jugando muy entretenidos, cuando de repente aparecieron por allí unos pies que no estaban descalzos *(un niño/a o el/la narrador/a se pone sus calcetines)*.

—¡Ohhh! —exclamaron todos/as muy asombrados *(expresión de sorpresa)*—. Hola, ¿quién eres? —preguntaron.
—Soy Calcetines —respondió con voz miedosa. Estaba muy triste *(cara de tristeza)*, se desplazaba lentamente y parecía cansado *(gesto de cansancio)*.
—He venido de excursión con unos amigos, me he distraído un momento y me he perdido en esta selva. No sé dónde estoy, ni tampoco encuentro a los míos —explicó Calcetines.
—¿Y qué es eso que llevas puesto? —preguntaron intrigados los niños y niñas Pies Descalzos.
—Se llaman calcetines, como mi nombre.
—¿Y para qué sirven?
—La verdad es que no lo sé muy bien. Creo que para estar calentito. Yo nunca me los he quitado.

—¡Tenemos una idea! —dijo la tribu—. ¿Te gustaría bailar con nosotros/as para que disfrutes y te animes un poco, Calcetines?

—¡Vale! —respondió, pero no estaba muy entusiasmado.

Los Pies Descalzos comenzaron a danzar, moviendo los pies a un lado y a otro *(como diciendo no)*, pateando con diferentes ritmos, a la pata coja. Luego, sobre la pierna, haciendo círculos con los pies *(hacia dentro y hacia fuera)*.

Calcetines imitaba a los demás de una manera tímida. No tenía ritmo y se mostraba descoordinado.

—¡Venga, con más ganas, Calcetines! —le decían.

—Es que no sé, no me sale. No puedo hacer lo mismo que vosotros *(mostrar gesto de enfado)*.

Un Pie Descalzo se le acercó y amablemente le dijo:

—Mira, prueba a quitarte esos calcetines y vente a dar un paseo.

Calcetines se fue descalzando. Primero, el pie derecho y luego el izquierdo.

—¡Ya está!

Caminando con la tribu, empezó a experimentar sensaciones desconocidas para él, pero que poco a poco le iban gustando *(nos desplazamos por el espacio y vamos imaginando las sensaciones que se describen)*: la tierra mojada bajo sus pies, pisar las hojas secas, el frescor de la hierba, el calor de la arena de la playa, la espuma de las olas a la orilla del mar, andar sobre las piedras, etc.

Calcetines se mostraba más contento a medida que iba caminando descalzo. Desaparecieron la timidez y la desgana, y se apoderaron de él la ilusión, la alegría y la euforia *(ir mostrando progresivamente estas emociones)*. Comenzó a saltar, a bailar y a aplaudir con todas sus ganas *(hacemos acción)*.

En ese momento, se dio cuenta de que nunca más se iba a poner sus calcetines y que la selva era el lugar al que pertenecía. Él quería ser un Pie Descalzo, quería vivir como ellos y ser feliz en la tribu *(expresamos emoción)*. Se unió a los demás niños y niñas en un círculo que formaron con los pies *(hacemos acción)*. Todos/as le dieron la bienvenida cariñosamente, diciendo que sí con los pies y luego poniendo un pie encima del compañero de al lado *(realizamos movimientos)*.

Y decidieron en asamblea que a partir de ahora lo llamarían ¡Descalcetines!, un nombre muy bonito y con mucho significado: unos calcetines que descubrieron que descalzos se siente y se vive ¡genial!

Bueno, chicos/as, ya hemos resuelto el misterio de esta historia, ¿no?

...y este cuento que ha terminado espero que os haya animado.

Pepa Cabrera Soto

RITA, LA TROGLODITA

Al principio de los tiempos, concretamente en la Prehistoria, en una gran caverna *(gesto de apertura de brazos)*, vivía una familia de trogloditas y de ellos la más pequeñita era Rita.

Todas las mañanas Rita acompañaba a sus padres a realizar las tareas diarias: iban a cazar con el arco y la flecha *(realizamos el movimiento)*; pescaban en el río *(gesto de tirar una lanza)*; cortaban grandes troncos con el hacha *(gesto)* y hacían fuego con dos piedras para cocinar *(imitar con las manos el golpeo de las piedras)*.

Pero Rita siempre estaba enfadada *(expresamos emoción ceño fruncido y brazos cruzados)*, porque sus padres no la dejaban alejarse sola del lugar en el que vivían. Ella quería saber qué había más allá del río Grande.

—Mamá, mamá, yo quiero ir al otro lado del río para jugar allí —decía Rita.
—No, aún no puedes, eres muy pequeñita —decía su mamá.

Entonces, Rita se ponía muy furiosa. Se tiraba al suelo con una rabieta, gritaba *(emitimos sonidos)*, pataleaba y movía mucho los brazos y la cabeza *(realizamos acciones)*. En momentos así solo la tranquilizaba la compañía de su amigo el mono Tono *(imitamos al animal)*, que la abrazaba con todas sus ganas *(abrazamos al compañero/a que tengamos al lado)*.

Rita y Tono se divertían mucho juntos. A los dos les gustaba hacer lo mismo: subirse a los árboles a recoger frutos *(subimos brazos y rodillas, alternando como si trepásemos)*, escarbar buscando bichitos y gatear para coger hojas secas y ramitas *(hacemos acciones)*.

Una tarde Rita estaba pintando con los dedos un bisonte *(imitamos el gesto de pintar)* en una de las paredes de la caverna, cuando entró el mono Tono muy asustado *(expresamos emoción)*.

—¿Qué te pasa, Tono? —preguntó Rita.
—Rita, Rita, tienes que venir conmigo. En el río he visto algo flotando y no sé lo que es. Me da miedo. Está cerca del árbol donde yo vivo.
—Mis padres no me dejan ir sola a río Grande —explicó Rita.
—No te preocupes. No vas sola, vas conmigo. ¡Venga, venga, por favor!

Así que Rita y Tono salieron corriendo *(realizamos acción)* hacia la orilla del río, para averiguar qué era aquello que flotaba y tanto miedo le daba a Tono. Miraron y miraron *(nos ponemos una mano en la frente a modo de visera)*, pero no veían nada, así que decidieron acercarse un poco más.

Había un camino de piedras que llevaba al centro del río. Las fueron saltando de una en una *(realizamos saltos hacia adelante, alternando una pierna y la otra)* y de repente Rita resbaló y quedó enganchada a una rama que sobresalía de un arbusto. *(simulamos la caída)*.

—¡Tono, Tono, no puedo levantarme! ¡Estoy atrapada! —dijo muy angustiada Rita.

Tuvieron la suerte de que se acercaba la balsa de los padres de Rita, que venían remando río arriba *(realizamos la acción de remar a un lado y a otro)*.

—¡Ehhh, ehhh! ¡Estamos aquí! —gritaba el mono saltando *(saltamos y elevamos los brazos agitándolos)*—. ¡Necesitamos ayuda!

La mamá de Rita se acercó, cortó con un hacha la rama *(imitamos acción)* y cogió en brazos a Rita. Entonces, le dijo:

—Rita, ¿ves lo que ha ocurrido? Por esto no me gusta que vengas al río sin nosotros. No quiero que te hagas daño y no estemos contigo para poder ayudarte.

Se subieron a la balsa y navegaron por el río hacia la caverna. De pronto, algo chocó contra ellos.

—¡Mira, mono Tono! Esto es lo que viste flotando cerca de tu árbol. Es un trozo de corcho cuya forma se parece a un cocodrilo. Por eso te asustaste. No hay nada que temer.

—¡Ahhh! —respiró el mono, más tranquilo y relajado *(realizamos expresión)*.

Llegaron a la caverna. Allí, Rita y Mono pasaron el resto de la tarde jugando a las palmitas *(hacemos palmas con el compañero/a de al lado «palmas, palmitas, higos y castañitas que me gustan a mí y me las como así»)* y decidieron que no volverían a alejarse de aquel lugar, sin la compañía de algún familiar.

…y este cuento que ha acabado, espero que os haya agradado.

Y gracias de corazón...

A la editorial ExLibric, por confiar en *Vivecuentos*.

A Marta, por sus bonitas ilustraciones.

A mis compañeras y compañeros de profesión, en especial a los del CEIP Camposoto, a los que están y a los que se fueron dejando huella.

A las familias de «mis niños y niñas», por dejar en mis manos vuestro tesoro más preciado.

A Rosa, por describirme con el alma.

A mi prima María José, por creer en mis cuentos desde el principio.

A Luis, por su interés y sabios consejos.

A Carlos, por su entrega familiar como marido y padre.

A mi madre y a mi padre, que me enseñaron a ser.

Sobre la autora

Licenciada en Psicopedagogía y especialista en Audición y Lenguaje, Pepa Cabrera desarrolla actualmente su labor como maestra de Pedagogía Terapéutica en un colegio de Educación Infantil y Primaria. Ávida de explorar nuevos terrenos, adquiere conocimientos de neuropsicología, atención temprana, psicomotricidad y educación emocional.

Ha realizado proyectos de investigación para la Consejería de Educación de Andalucía: EmocionArte, EmocionArt2 y Senticuentos. Conocedora de que las nuevas tecnologías son un recurso ineludible en su tarea educativa, ha elaborado diversos blogs referentes a esta temática: Comunicar es más que hablar, Universo diverso y EmocionArte en Camposoto.

La necesidad de que sus alumnos sean vistos en la sociedad de la diversidad y su experiencia como docente la han llevado a escribir Vivecuentos, su primer libro. Estos seres pequeños y grandes a la vez son su fuente de inspiración y a ellos ha dedicado estos años y toda su formación. Muy creativa, huye de lo cotidiano y es capaz de inventar personajes, darles vida y encajarlos en el mundo de las emociones. En su búsqueda de la felicidad, hace de cada día un motivo para sentir.